U0144602

童話故事生病了

周淑娟、周素珍 著

鄭穎珊 繪

序言

　　童話故事不是人，怎麼會生病了呢？原來啊，好多好聽的故事，其中都蘊藏著許多奇妙的由來。

　　比方說，我們知道白雪公主是因為吃了毒蘋果，食物中毒才會昏迷；雪后與魔鏡則是利用眼睛跑進異物，來施魔法。而愛夢遊的愛麗絲，和愛穿紅鞋的過動兒小蓮，也都在故事中，學習照顧自己的方法。

　　有趣的童話故事原來也是一門生動的健康教育。小朋友，快跟我們一起發現還有哪些童話故事也生病了？邊看故事，邊學常識，讓我們一起健康成長。

周淑娟，護理師，臺灣大學碩士
周素珍，國小教師，臺中師範學院學士

目錄

白雪公主 · · · · · · · · · 6

拇指姑娘 · · · · · · · · · · 12

雪后與魔鏡 · · · · · · · · 18

老鼠取親 · · · · · · · · · 24

小紅帽 · · · · · · · · · · 30

糖果屋 · · · · · · · · · 36

醜小鴨 · · · · · · · · · 42

小美人魚 · · · · · · · · 48

大野狼與七隻小羊 · · · · · · · · 54

愛麗絲夢遊仙境 · · · · · · · · 60

 豌豆公主 · · · · · · · · · · · 66

 好鼻獅 · · · · · · · · · · 72

 三隻小豬 · · · · · · · 78

 小人國 · · · · · · · · · · · 84

 木偶奇遇記 · · · · · · · · · 90

 皇帝與夜鶯 · · · · · · · 96

 虎姑婆 · · · · · · · · 102

 青蛙王子 · · · · · · · · 108

 紅鞋女孩 · · · · · · · · 114

 北風和太陽 · · · · · · · 120

白雪公主

食物中毒急救法

　　白雪公主是個超級貪吃鬼！看到又紅又香的大蘋果，抓了就吃，結果才咬了一口，嘴巴就麻麻的、想吐、肚子痛，不久就昏倒過去了。

　　「哈哈哈！愛亂吃東西，總有一天會中毒吧！」壞王后變成的老婆婆，看著白雪公主吃下毒蘋果後，便溜回去問魔鏡最新的世界小姐選美排行榜。

　　恰好鄰國有學過急救的王子，今天要去世貿參觀電腦展，騎馬路過小木屋時，發現被放在玻璃棺材的白雪公主並沒有死，只是中毒昏迷了，於是趕緊下馬，先問小矮人們公主中毒的可能原因，邊觀察她的膚色、呼吸及心跳情形，再請穿斗篷的胖胖小矮人打電話通知救護車。

這時一個戴紅帽的小矮人想起電視曾報導牛奶可以幫忙解毒，就從冰箱拿出昨天剛買的新鮮牛奶，打算一股腦兒全部灌入公主嘴巴。

　　「不可以，這樣做會讓公主不能呼吸！」正忙著急救的王子看到了，大聲地說：「公主現在神智不清，不能隨便灌牛奶或清水，以免因嗆到造成吸入性肺炎，甚至塞住氣管而導致窒息，到時就很麻煩了。」

　　「那可以催吐嗎？」一直在王子身旁協助的小矮人吞吞吐吐的問。

　　「當然不行啦，」王子邊清除公主口中剩餘的蘋果渣，邊回答：「現在還不知道蘋果裡的毒物成分，如果裡面含有腐

蝕性的物質，催吐反而會造成食道灼傷耶。」

「而且啊，公主現在還昏迷不醒，催吐同樣會有吸入性肺炎及窒息的危險。」他接著說：「所以只能幫忙把公主嘴巴內的東西清乾淨，小心不要讓食物的渣渣卡在喉嚨裡。」清完口內殘渣之後，王子就按住公主的額頭，並把下巴抬高，讓公主的呼吸道保持暢通。

看著王子臨危不亂又俐落的急救過程，小矮人們忍不住同聲讚揚，「真是太酷了！」

9

　　很快的救護車就來了，王子雖然來不及到世貿看電腦展，但救人第一，還是跟小矮人們一道陪公主到醫院，仔細地向醫師說明公主中毒的原因、症狀、時間及處理狀況，並將剛剛保留的毒蘋果殘渣與嘔吐物一起交給醫院做化驗。

　　清除毒素後，白雪公主很快就甦醒過來了，王子親了一下公主後，告訴她以後不要亂吃陌生人給的東西，公主很不好意思地點頭答應了，就跟著王子回到了鄰國，過著幸福快樂的日子。

✳ 不生病魔法術 ✳

為什麼會食物中毒
✳ 夏天最容易發生食物中毒,這是因為天氣熱,東西比較快
腐壞,如果不小心吃到不新鮮、過期的食物,很容易會出
現肚子痛、拉肚子、想吐,這些不舒服的情形。

健康小叮嚀
✳ 吃飯前和上完廁所後,記得先洗手,才不會把細菌一起吃
進去了。
✳ 在家吃媽媽準備的食物,最新鮮乾淨,如果常在外面買東
西吃,就沒有錢買玩具了。
✳ 吃壞肚子,要趕快告訴大人,因為他們會變成英勇的王子
來救你喔!
✳ 不接受陌生人給的食物,包括漂亮的阿姨。

媽媽一起幫幫忙
✳ 把自己當王子,牢記急救白雪公主的程序。
✳ 如果遇到幼兒中毒時不知該如何處理,可以立刻撥打電話
至119,或撥至當地醫療院所急診室、毒物諮詢中心(02-
2871-7121),這些機構24小時都會接受緊急諮詢服務。

拇指姑娘

如何讓孩子長得高又壯

　　有位孤單的婦人，非常想要一個孩子，就去請求住在磨坊裡的老巫婆幫忙。

　　「好吧，這件事太簡單了。」老巫婆毫不考慮的給她一粒神奇的大麥。

　　不久，種著大麥的花盆裡長出一棵很像鬱金香的大花苞。「天呀！多美麗的一朵花啊！」婦人忍不住親了一下粉紅色的花瓣。

忽然「砰」的一聲，花苞鑽出一個可愛的小女孩，她的身體只有拇指一般高，於是婦人就叫她拇指姑娘。

婦人雖然愛極了像仙子一樣的拇指姑娘，可是卻煩惱她長不高，營養不夠，不但每天都準備豐盛的大餐，還到處打探讓小孩長高的祕方。

　　有天晚上，一隻長得很醜的癩蛤蟆偷偷潛進婦人的房間，把熟睡的拇指姑娘抱回池塘。幸好水裡的魚兒合力解救了她。可是就這樣，拇指姑娘開始了森林裡的流浪生活。

　　很快地，冬天來了，又冷又餓的拇指姑娘請求小氣的田鼠太太能收留她，田鼠太太勉強答應了，但希望到了春天，她能嫁給隔壁討厭的鼴鼠少爺。

　　拇指姑娘一點兒也不喜歡鼴鼠，只好傷心地躲在隧道裡哭泣，無意中發現了一隻瀕死的燕子，拇指姑娘救了牠，每天唱歌給燕子聽。

不久，春天來臨了，燕子的傷勢逐漸好轉後，便帶著拇指姑娘飛上青空，載著她離開濕冷的洞穴，飛向溫暖的花之王國。

在那裡，好多頭上戴著金冠的花天使，正微笑地歡迎拇指姑娘回到故鄉。原來呀，拇指姑娘就是花之王國的小公主。

✳ 不生病魔法術 ✳

讓人長不高的怪獸

✳ 俗語說龍生龍，鳳生鳳，老鼠的兒子會打洞。拇指姑娘不是婦人生的小孩，當然不會長得和她一樣高啦！

✳ 父母的遺傳是讓你變高或變矮的重要原因。可是啊，如果你不愛吃飯、又不運動，就算爸爸是巨人族，還是有可能變成矮冬瓜的。

健康小叮嚀

✳ 營養一定要均衡！換句話說，就是媽媽做的每道菜，都要捧場，這樣不但會愈吃愈高，媽媽也才不會耍賴不做菜。

✳ 早餐一定要吃，不要把錢省下來買零食。小心吃太多零食，也會讓人長不高喔。

✳ 每天一定要睡飽飽，才有機會「一暝大一吋」。

✳ 多找同學一起打籃球、玩跳繩、游泳等運動，搞不好有一天你會成為運動明星。

媽媽一起幫幫忙

✳ 注意孩子的生長曲線：國小一年級六足歲男女生身高低於104.5公分，國中一年級十二足歲男生身高低於132公分，女生低於135公分，可能有生長遲緩現象，要帶到醫院仔細篩檢。

✳ 家中有發育中的小孩，可以多準備含豐富蛋白質、鈣質、維生素A、維生素C、維生素D、礦物質鎂及鋅的食物。少讓孩子吃進高熱量、高脂肪的食物，以免身材變成橫向發展。

雪后與魔鏡

眼睛跑進異物 別用手揉眼睛

　　很久很久以前，有個非常小氣的惡魔，不想花錢買照相機，就自己做了一面有照相功能的鏡子，不過因為技術實在不好，鏡子做好後，只要珍貴美好的東西被照到，馬上就會消失不見，所以只能拍攝醜陋的畫面。

　　惡魔一氣之下，就把鏡子摔到地上，沒想到，破成千萬個小碎片的鏡子，就跟著落入了人間；糟糕的是，每塊小碎片都擁有整面鏡子的魔力，只要飛進人的眼睛裡，就會變得只能看見不好的事物，如果進入心裡，那個人的心會變成冰塊，並被傳說中的雪后帶到遙遠的北方。

小男孩加伊和小女孩格爾達是感情很好的同學，加伊下個月將要參加學校運動會的二百公尺短跑，所以放學後格爾達就陪他一起練習跑步。忽然一陣強風迎面吹過來，加伊大叫一聲後，蹲了下來。

　　「加伊，你怎麼了？」格爾達關心的問。

　　「有東西跑進眼睛，好痛啊。」加伊痛苦的揉眼睛。

　　格爾達想起學校的護士阿姨曾說過，眼睛跑進東西時，千萬不可以用手搓揉眼睛，這樣反而會讓眼睛受傷。於是就教加伊不要緊張，只要閉緊眼睛，並多眨眼，很快地惡魔的小碎片就會跟著眼淚一起流出來了。

駕著馴鹿匆忙趕到學校的雪后，以為加伊的心已經變成冰塊了，正想要帶他回冰宮，沒想到卻發現他不但沒事，還高興的邊唱歌，邊騎腳踏車載格爾達回家呢。

不生病魔法術

什麼東西會跑進眼睛

* 只要是比你的眼睛小的東西,例如沙子、小木屑、小蚊子,都有可能會掉進去。

健康小叮嚀

* 有東西跑進眼睛時,千萬不要用手拚命揉眼睛,因為它還是不會掉出來,而且還會讓眼睛受傷喔。
* 只要閉上眼睛,再輕輕眨幾下,跑進去的東西,很快就會隨著眼淚一起流出來了。

媽媽一起幫幫忙

* 如果小朋友是被尖銳的異物刺進眼睛,記得不要自己拔除刺進的異物,應用紗布蓋住眼睛並立刻前往眼科就醫。
* 眼睛被球打到或受到強烈撞擊,如果有出血,要先冰敷,並迅速帶到眼科就醫。如果沒有出血,視力也沒有變模糊,只要小心觀察就好了。
* 被石灰、石膏、水泥等粉末撒入眼睛,得先拍去臉上粉末後,才可以沖水。
* 被腐蝕性化學物濺入眼睛,應讓小孩採側臥,再用水管或水壺等容器裝冷水沖洗眼睛。沖洗時需注意不要讓水流入另一個眼睛,仔細沖洗10分鐘以上後,立刻送醫。

老鼠娶親

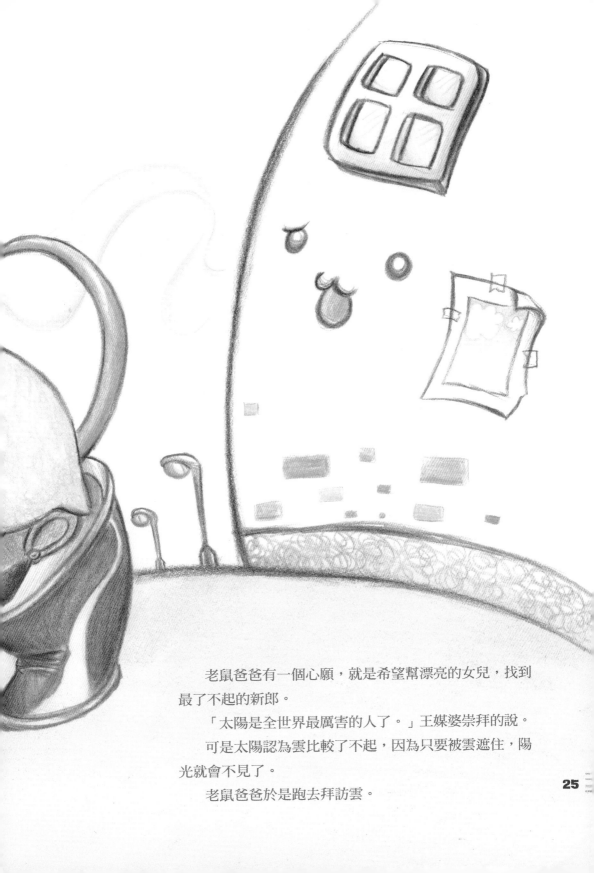

老鼠爸爸有一個心願，就是希望幫漂亮的女兒，找到最了不起的新郎。

「太陽是全世界最厲害的人了。」王媒婆崇拜的說。

可是太陽認為雲比較了不起，因為只要被雲遮住，陽光就會不見了。

老鼠爸爸於是跑去拜訪雲。

　　「不不，我不是最偉大的，」雲謙虛的說，「只要風一發脾氣，就會把我吹得東倒西歪。」

　　老鼠爸爸又四處找風。風卻指著牆說：「我最怕他了，因為一碰到牆，就會被撞得鼻青臉腫。」

　　這時，牆一聽到要跟老鼠女兒結婚，馬上嚇得哭了起來，原來牆最怕老鼠在他身上打洞呢！

　　老鼠爸爸恍然大悟的點點頭，回家後向大家宣布，要在農曆正月初三的晚上，將女兒嫁給同村的老鼠米奇。

　　「哈啾！哈啾！」糟糕了，下禮拜就要結婚，老鼠女兒居然被傳染到流行性感冒了。

　　「沒關係，只要好好休息，多補充水分和注意營養均衡，感冒很快就會好了。」醫生微笑地要老鼠女兒不要擔心。

　　終於迎親的日子到了，老鼠女兒因為乖乖地聽醫生的
話，喉嚨痛、咳嗽、流鼻水，通通不見了。

　　最後就在大家的祝福下，老鼠爸爸終於如願的把寶貝
女兒嫁出去了！

　　噓！小聲點。過年初三，記得提醒家人早點睡，不要
吵到老鼠娶親喔！

✷ 不生病魔法術 ✷

為什麼會感冒

✷ 大約有一百多種病毒會引起感冒，特別是到了秋冬的時候，它們的威力會更強，還會利用人們打噴嚏時，將病毒散播出去，讓更多人出現鼻塞、打噴嚏、流鼻水、喉嚨痛與輕微發燒這些不舒服的症狀。

健康小叮嚀

✷ 多洗手，不要常用手去摸自己的鼻子與眼睛。
✷ 出入人多的地方，記得戴上口罩。

媽媽一起幫幫忙

✷ 感冒流行期間，不要常帶孩子出入公共場所等人多的地方。
✷ 家中如果有人感冒了，杯子、餐具、毛巾等個人用品，要與其他人分開使用。
✷ 讓孩子多喝水、多休息，身體就會慢慢產生抵抗力了。

小 紅 帽

預防近視 定期半年做視力檢查

小紅帽帶著巧克力蛋糕，要送給生病的外婆吃。

　　一隻騎著重型機車的大野狼突然停下來，「小朋友，妳要去哪裡啊？」大野狼狡猾的說：「叔叔可以免費載妳一程喔！」

　　小紅帽想起媽媽再三叮嚀，不可以隨便和陌生人聊天，於是禮貌的回答：「謝謝你，我要搭公車，去森林另一頭的外婆家。」

「哈！哈！今天的晚餐有著落啦。」知道外婆家的住址後，大野狼馬上騎車到森林的另一頭，把可憐的外婆吞進肚子裡。

小紅帽來到了外婆家，發現大門沒有關，就直接走進外婆的臥室。

「親愛的，妳帶蛋糕來看外婆啦！」換上外婆的衣服，蓋著棉被的大野狼發出粗啞的聲音說。

天真的小紅帽，以為外婆生病了，聲音才會變沙啞，加上又有近視眼，所以沒發現是大野狼喬裝的。

「外婆肚子又餓了，妳可以靠近一點嗎？」貪吃的大野狼拍拍手要小紅帽坐到床邊。

「外婆，妳的耳朵怎麼變長了，鼻子也變尖了呢？」小紅帽來不及看清楚，就被大野狼抓住，咕嚕一聲，也把她吞進肚子裡去了。

　　大野狼心滿意足地摸著脹飽的肚子，一下子就呼呼大
睡了起來。幸好門外巡邏的警察經過，發現大野狼又做壞
事了，馬上將他逮捕，即時救出外婆和小紅帽。

　　後來，小紅帽為了保護視力，就時常和外婆到森林裡
郊遊，不再整天守在電視機前面了。

不生病魔法術

為什麼會近視
* 眼睛是靈魂之窗，也就是說，如果整天猛看電視，或躲在被窩裡看漫畫，視力會變模糊，到時候漂亮的眼睛，就會被眼鏡關起來了。

健康小叮嚀
* 看電視或閱讀，就像上學一樣，每40分鐘，就要讓眼睛下課10分鐘。
* 不要趴在桌上看書或寫字，也不要在搖晃的車內看書。
* 平常多向遠方眺望，訓練自己變成千里眼。

媽媽一起幫幫忙
* 布置光源充足的居家環境，不讓家裡變成陰暗的鬼屋。
* 每半年定期帶小朋友到醫院做視力檢查。
* 準備有益眼睛健康的食物：

  維生素A：可以預防眼睛乾澀不適。如蛋黃、牛奶、黃綠色的蔬菜瓜果。

  維生素B群：視力保健不可或缺的成分。如瘦肉、綠葉蔬菜、豆類、小麥胚芽、糙米或胚芽米。

  維生素C：防止視網膜受到紫外線的傷害。如深綠色及黃紅色蔬菜水果。

糖果屋

　　韓賽兒和葛麗特是一對常迷路的兄妹。韓賽兒是哥哥，葛麗特是妹妹。

　　有一次，他們又在森林裡迷路了，忽然聞到陣陣誘人的甜香味，隨風飄散過來。

　　「哇！是傳說中的糖果屋耶。」韓賽兒興奮得拆下一小塊餅乾屋頂吃，葛麗特也急忙舔著牛奶糖做成的窗戶。「這裡簡直跟天堂一樣棒！」牆壁是用巧克力堆疊而成，屋子裡充滿軟綿綿的蛋糕沙發、滑溜溜的布丁圓桌、香噴噴的麵包櫥櫃，仔細看還有棒棒糖柱子和奶油天花板呢！

兄妹倆快樂極了，不知不覺，就在棉花糖鋪成的床上睡著了。

　　「我的牙齒好疼啊！」韓賽兒忍不住痛苦的流淚。葛麗特被哥哥的叫聲驚醒後，也感覺牙齒不太舒服。

　　「哈哈哈！貪吃甜食，又不刷牙，」原來是不愛打掃，只會騎掃把的巫婆回來了，「等牙齒通通都蛀光了，我就要把你們吃掉啦！」

韓賽兒與葛麗特不想成為巫婆的晚餐，每天餐後及睡前，開始乖乖的認真刷牙，並記得使用牙線。

這樣過了四個星期，沒耐心的巫婆一直等不到蛀牙出現，只好把他們放走了。

✴ 不生病魔法術 ✴

為什麼會蛀牙

✴ 吃完飯後，沒有馬上刷牙或隨便刷牙，食物的渣渣會卡在
牙縫，然後長出一堆細菌，攻擊我們的牙齒。

健康小叮嚀

✴ 不要常吃甜食；吃完東西15分鐘以內，馬上仔細刷牙。

媽媽一起幫幫忙

✴ 教導孩子正確的刷牙方法，並多陪他一起刷牙。

✴ 可以塗氟保護牙齒，五歲以下兒童，健保局一年給付兩
次，不用額外付費。

✴ 每半年定期帶小朋友檢查牙齒。

醜小鴨

我是獨一無二
的小寶貝

鴨媽媽正在孵蛋。「ㄅㄛ」的一聲，一顆蛋破了，一隻可愛的鴨鴨跑出來了。接下來「ㄅㄛ、ㄅㄛ、ㄅㄛ」，好多討人喜愛的小鴨鴨一起出來了。

「怎麼有顆蛋還沒破呢？」鴨媽媽於是繼續孵著一顆奇怪的大蛋。

突然，好大的一聲「ㄅㄛ」，一隻又大又醜的灰色小鴨子，搖搖晃晃地跌了出來。他是一隻醜小鴨！

　　「天啊！他長得真是難看！」醜小鴨的哥哥和姊姊都不想理他。連紅著臉，只會「咯、咯」叫的火雞也討厭他。

　　只有媽媽慈祥的安慰醜小鴨說：「姊姊雖然長得很漂亮，哥哥唱歌很好聽，可是游泳沒人比得過你呀！」媽媽摸著醜小鴨的頭繼續說，「每個人都不一樣，真是太棒了！」

　　醜小鴨不懂媽媽的意思，還是倔強地離家出走了。

　　四處流浪，受人欺負的醜小鴨，最後只能又冷又餓的窩在蘆葦叢裡，想念著溫暖的家。

　　不久，美麗的春天到了，醜小鴨羨慕地看著三隻雪白的大天鵝，優雅的在湖中划行。

　　「喂！快來看，新來的天鵝最漂亮了。」一群小朋友興奮地指著醜小鴨說。

　　「這……這真的是我嗎？」醜小鴨不敢相信，水裡映出那隻高貴又美麗的小天鵝，竟然就是他。

　　醜小鴨，喔不，小天鵝，現在覺得好幸福，也了解媽媽的話，原來不管美醜，每個人都是上天最珍貴的小寶貝。

不生病魔法術

為什麼會自卑

✳ 漸漸長大後，懂得愛漂亮了，我們常會邊照鏡子，邊嫌自己鼻子不夠高、眼睛太小、髮型不夠漂亮、指甲不好看、腳丫子太大等，加上一些討厭的同學，愛亂取綽號，有時會讓人變得不喜歡自己。

健康小叮嚀

✳ 世界上沒有十全十美的人，要別人喜歡自己，必須自己先喜歡自己。最重要的是能發現自己的優點，糾正缺點，努力使自己更好。

媽媽一起幫幫忙

✳ 孩子長大後，同儕間的肯定是非常重要的，多撥出時間，注意他的交友狀況，及時給予肯定及鼓勵，以減低來自同儕的傷害。

✳ 愛美是人的天性，不要急著去改變孩子的想法，應先讓他知道你們和他是同一國的，耐心傾聽他的想法，才能幫助孩子找到正向的人格特質，建立自信。

小美人魚

　　人魚公主的家，在很深很深的藍色海洋裡，那兒有座晶瑩剔透的水晶宮殿，花圃裡滿是珍珠與鑽石花朵，人魚公主在那裡放了一尊年輕男子的雕像，她每天都愛躲在這個花園裡，靜靜地想像陸地的地界到底是什麼樣子，陸地上的人是不是都跟這尊雕像一樣可愛。

　　「啊！多麼英俊的王子呀。」十五歲生日那一天，她終於獲許到海面上去看陸地世界，當她把頭露出海面，卻意外地救起出海遇到暴風雨，落海發生船難的王子。然而，獲救上岸的王子卻沒有張開眼睛看到她的模樣。

　　從此，人魚公主每天不斷地想念著英俊的王子，於是瞞著家人，拜託海裡的邪惡巫婆，把她的尾巴變成修長的雙腿。

「沒問題！不過要用妳美妙的聲音做交換。」巫婆常常大聲罵人，聲音變得非常難聽，很羨慕有著甜美歌聲的人魚公主。

　　終於有了雙腿可以走路的人魚公主，馬上就到皇宮，求見王子。

　　「真奇怪，這麼可愛的女孩子，聲音怎麼像魔鬼般可怕！」聽到人魚公主發出烏鴉般沙啞的聲音介紹自己時，王子著實被嚇呆了。過不久，他就選擇與鄰國說話很好聽的公主結婚了。

人魚公主很後悔失去悅耳的
嗓音，就去醫院看病。醫生檢查
後告訴她，只要多喝水，少說
話，很快就會復原了。
　　果然，不到幾天，人魚公主
就好了。後來還成為這個國家最
著名的歌手呢！

不生病魔法術

為什麼會聲音沙啞

* 常常大聲尖叫會讓喉嚨的聲帶受傷，聲音就會變得跟火雞、烏鴉一樣難聽了。

健康小叮嚀

* 輕聲細語的說話，不吃會辣的食物。喉嚨不舒服的時候，要多喝水，少說話。

媽媽一起幫幫忙

* 注意小朋友的用聲習慣，如果發聲有問題，最好請耳鼻喉科醫師檢查。

大野狼與七隻小羊

慢食，消化不良的剋星

羊媽媽出門前交代七隻小羊：「千萬別幫陌生人開門。」

過了一會兒，「叩！叩！叩！」有人在敲門。

「請問是誰呀？」七隻小羊大聲問。

「我是媽媽啦，快開門！」大野狼模仿媽媽講話的口氣。

「不是，不是，你是大野狼！」小羊們說：「我媽媽的聲音沒有這麼粗。」

大野狼只好到隔壁的便利商店買了一罐喉糖，咕嚕咕嚕一口氣吃了半罐。

「親愛的孩子們，媽媽回來了，幫我開門吧！」

小羊們驚喜的叫道：「是媽媽回來了！」說著便趕緊開了門。

「哈哈哈！被我騙了！我要把你們通通吃掉！」大野狼張牙舞爪的撲向小羊們，很快就把他們通通吞進肚子裡了。

「哇！肚子好痛啊。」大野狼摸著鼓脹的肚子痛苦的大叫，然後就昏倒了。

這時，一隻躲在時鐘裡的小羊，趕緊跑去找媽媽求救。

「大野狼實在太貪吃了，才會消化不良。」羊媽媽將大野狼的肚子用剪刀剪開，讓六隻小羊安全的逃出來。

　　「以後千萬不能再做壞事了。」羊媽媽告訴大野狼說：「還有吃東西時，要細嚼慢嚥，不要貪心吃得太撐了。」

　　大野狼覺得很不好意思，趁機溜了出去，一不小心跌進河裡，就再也回不來了。

✳ 不生病魔法術 ✳

為什麼會消化不良

✳ 身體的消化道就像家裡的水管一樣，如果一下子塞進太多
　食物，容易阻塞不通，就會引起脹氣、肚子痛、打嗝等不
　舒服的現象。

健康小叮嚀

✳ 細嚼慢嚥，享受食物的美味。

✳ 真正覺得肚子餓了再吃飯，這時候的食物味道也最好。

✳ 吃飽飯後，先休息30分鐘，讓食物有時間消化。

媽媽一起幫幫忙

✳ 豆類、糯米類、甜食、油脂及煎炸製品，這些食物容易讓
　人消化不良，最好多準備蔬菜水果，幫助腸胃蠕動。

✳ 如果小朋友持續抱怨肚子不舒服，最好請醫師一起幫幫
　忙。

愛麗絲夢遊仙境

　　愛麗絲正聚精會神地玩著以奇幻世界為背景的熱門線上遊戲，卻突然從房間，跳到了後花園，還看到一隻穿西裝、打領帶的兔子，神情緊張地對她說：「快一點，不要遲到了。」接著就消失在花園裡。好奇的愛麗絲，於是跟著追過去。

　　走了好久，終於來到一個奇異的地方，愛麗絲很驚訝自己的身體居然變小了。忽然背後有人大喊：「兩手舉高，不准動！」然後她就被兩隻表情兇惡、手拿長矛的大蝴蝶士兵，強行架走了。

飛過了彩虹森林，越過了彎彎河流，最後來到了一座五彩繽紛的水晶城堡裡。國王與皇后正忙著玩躲避球，旁邊還圍著一群只會拍馬屁的撲克牌士兵。

愛麗絲看不過去，就插嘴說：「大家都故意讓皇后打，應該要判技術犯規。」

愛面子的皇后非常生氣，命令愛麗絲下來和她比一場，並威脅如果輸了，便要砍下她的頭。

愛麗絲害怕的哭了起來，原本變小的身體，轉眼之間就長大了，不僅撐破了水晶城堡，滴答的眼淚，也變成洪水，把國王、皇后與士兵們通通都沖走了。

　　「愛麗絲這孩子又夢遊了。」媽媽發現愛麗絲獨自蹲在花園裡，嗚咽的哭著，還把草皮尿濕了，正想把她喚醒。爸爸立刻阻止，「不可以，這樣會讓她受到驚嚇。」然後告訴媽媽，「小孩子夢遊時，只要注意不要讓她受傷，等一下再慢慢引導回到床上就好了喔。」

　　到了早上，慈祥的爸爸，完全不提夢遊這一回事，反而愉快地與愛麗絲討論週末該去哪兒度假呢！

不生病魔法術

為什麼會夢遊

* 生病的時候、睡眠不足、睡夢中尿急都有可能會發生夢遊。
* 如果父母或兄弟姊妹也發生過夢遊，那你更有機會一塊變成夢遊家族喔！

健康小叮嚀

* 每天早睡早起，上床前記得先尿尿。
* 晚上不看鬼故事、恐怖電影、玩刺激的遊戲，他們才不會跑到夢中搗蛋。
* 「日有所思，夜有所夢。」不想夢見被老師罵，上課不要發呆，才不會交白卷，讓惡夢成真。

媽媽一起幫幫忙

* 孩子正在夢遊時，不要嘗試叫醒他，只要維護他的安全就好了。
* 發現小朋友夢遊後，隔天不要去討論它，才不會造成孩子排斥睡眠。
* 規則記錄孩子夢遊的時間，就可以在發生夢遊前15～30分鐘先叫醒小孩，夢遊就不會發生了。

豌豆公主

兒童也會失眠喲

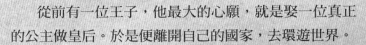

　　從前有一位王子，他最大的心願，就是娶一位真正的公主做皇后。於是便離開自己的國家，去環遊世界。

　　雖然他遇到了形形色色的可愛女孩，卻一直找不到心目中真正的公主，王子只好傷心地回家了。

　　有一天，在一個風雨交加的夜晚，突然有人敲著城堡的大門，國王聽見了，於是親自去開門，發現原來是一位全身淋得濕透的美麗女孩。

67

　　女孩很有禮貌地向國王及皇后說，她是一位真正的
公主。

　　「好吧！先進來，反正我們遲早會知道的。」皇后
馬上命令婢女在床上放了一顆豌豆，並在豌豆上疊了
二十層床墊和二十條鵝毛被。

　　那天晚上，女孩就被安排睡在這張床上。第二天早
上，皇后關心的問道：「昨天晚上，睡得好不好啊？」

　　「不好，我一直沒有辦法睡著，床底下好像有東
西。」自稱是真正公主的女孩，打著哈欠說。

現在，皇后立刻就相信
她是真正的公主了，因為傳
說中，公主從小就有認床睡
覺的習慣，如果床的硬度改
變，就會失眠。

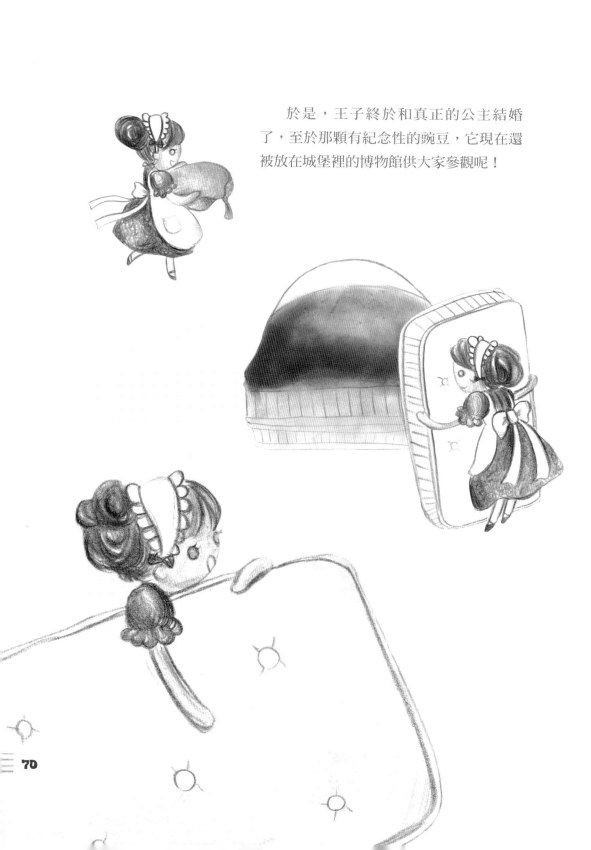

於是，王子終於和真正的公主結婚了，至於那顆有紀念性的豌豆，它現在還被放在城堡裡的博物館供大家參觀呢！

✹ 不生病魔法術 ✹

為什麼會失眠

* 讓人失眠的原因有很多，感冒、過敏性鼻炎、鄰居大聲唱卡拉OK、換房間睡、喝太多咖啡都會讓人睡不著覺。
* 有時候家庭作業太多、還沒準備好的考試、恐怖的鬼故事、還有火冒三丈的媽媽，也會讓你害怕的睡不著覺哩！

健康小叮嚀

* 每天養成固定的睡覺時間。
* 上床前，記得先上廁所。
* 關燈後，不要再偷爬起來玩電腦。
* 不要在棉被裡放零食，蛀牙也會讓人疼得睡不著覺喔。

媽媽一起幫幫忙

* 幫忙布置一個安靜、不會太冷或太熱、能放鬆睡覺的臥室。
* 小朋友最會有樣學樣了，請不要叫小朋友早點睡，自己卻熬夜看電視。
* 請忍耐，不要半夜打小孩，否則鄰居的小朋友也會嚇得睡不著！
* 如果小朋友還是沒辦法好好睡覺，就請醫師一起幫幫忙吧。

好鼻獅

挖鼻孔的方法

　　很久很久以前，有一個嗅覺很好的人，用鼻子就能分辨千里以外的東西，連快要下雨了，都可以聞出來，因此大家就尊稱他「好鼻獅」。

　　天上的玉皇大帝很好奇，為什麼好鼻獅的嗅覺這麼厲害，就請很愛挖鼻孔的海龍王去打聽。

剛好海龍王最近常會流鼻血，也想趁機請教好鼻獅如何保養鼻子。

　　「方法很簡單喔！」好鼻獅認真的說，「不要用手指去挖鼻孔，也不要拿衛生紙伸進鼻孔中轉來轉去，更不可以用力揉鼻子及擤鼻涕。」

　　「可是鼻孔裡有鼻屎怎麼辦？」海龍王因為愛挖鼻孔，鼻孔大到連包子都可以塞進去了。

　　「只要拿乾淨的手帕，用溫水稍微浸濕後，輕輕地放入鼻孔內轉一轉，鼻屎就能輕鬆清除了。」好鼻獅邊說邊仔細示範。

　　海龍王不禁佩服得五體投地，馬上返回天庭向玉皇大帝報告。

　　玉皇大帝聽了，想邀請好鼻獅到天上見面，於是海龍
王就把他嘴邊的兩條鬍鬚，從天上伸到地下來，讓好鼻獅
可以順著爬到天上。

　　可是，就在他爬到一半時，突然刮起一陣強風，好鼻
獅的手一鬆，人就從高高的天上摔了下來，身體也摔碎成
一隻隻的小螞蟻。

　　所以現在的螞蟻嗅覺會那麼敏銳，原來就是好鼻獅的
化身呢。

☀ 不生病魔法術 ☀

為什麼會流鼻血

☀ 鼻子是臉部最高的建築物，也因此打球或打架的時候，常常不小心就會被攻擊，鼻血就流出來了。

另外，如果常把手指伸進鼻孔裡採礦，太用力，也會流鼻血喔！

健康小叮嚀

☀ 鼻孔長得比嘴巴小，就是不希望你把橡皮擦、紙團，這類東西硬塞進去，造成傷害。

☀ 挖鼻孔不是很好的習慣，也不太衛生，可以試著轉移注意力，例如找同學聊天或玩遊戲。

媽媽一起幫幫忙

☀ 流鼻血處理步驟：

1. 不要躺下，須讓孩子坐著，或將他抱在胸前，並把頭往前傾。

2. 用拇指及食指用力捏住鼻翼兩側（也就是鼻孔旁的軟質部），改用嘴巴張口呼吸，持續約15分鐘，再將手鬆開，通常就會止血了。

3. 過程中要吐出流入口中的血液，以免吞入引起噁心，嘔吐。

4. 止血後至少四個小時內，不可擤鼻子或摳出血塊，以免再次出血。

三隻小豬

小時胖 長大更易胖

　　從前，有一隻胖胖的豬媽媽，她生了三隻小豬。

　　圓滾滾的豬大哥和豬二哥，非常貪吃，又不運動，一天到晚都在打瞌睡。

　　幸好，最小的豬小弟是個勤勞的好孩子，他知道太胖對身體不好，所以就養成運動的好習慣。

　　有一天，豬媽媽告訴他們說：「你們都長大了，應該要自己蓋房子住。」

　　懶惰的豬大哥和豬二哥，不想花力氣蓋房子，隨便蓋了一間草房和木屋，就跑去吃冰淇淋了。

只有豬小弟認真的設計房屋，「我要蓋一間最牢固的紅磚房子，這樣就不怕風吹雨淋，也不怕大野狼來搗蛋了。」

「救命呀！大野狼來了。」就在三兄弟房子都蓋好後，大野狼一下子就吹倒了豬大哥的草屋，也把豬二哥的木屋撞壞了。

　　「哈！哈！我最愛吃香噴噴的肥豬肉了。」胖得跑不動的豬大哥和豬二哥，眼看就快被大野狼抓住了。

「啪啦」一聲，豬小弟靈活地使出迴旋踢，大野狼的骨頭就斷了。

　　「哎喲，痛死我了，痛死我了！」大野狼趕緊夾著尾巴，溜回深山去了。

　　「唉！我們真的該減肥了。」豬大哥和豬二哥經過反省後，決定要學習豬小弟，不貪吃，多運動，當個健康好小子。

不生病魔法術

為什麼會肥胖

✱ 每日進食的熱量－每日消耗的熱量＝餘數太多，就會發胖。

健康小叮嚀

✱ 把自己當作美食家，肚子只裝天然料理的食物，炸雞、薯條、可樂、零食等東西，就會完全看不上眼了。

✱ 拿看電視的時間，幫媽媽做家事，不但讓媽媽更開心，身體也會愈來愈健康。

媽媽一起幫幫忙

✱ 全家總動員，陪著孩子選擇健康的食物，共同實行運動計畫，讓小朋友不會感到自卑或與眾不同。

小人國

　　格列佛是一個愛好冒險的英國醫生，有一次，船在開往印度的途中，遇到暴風雨，發生了船難，格列佛於是漂流到一處不知名的小島上。

　　「哇！巨人醒來了。」

　　格列佛非常驚訝，自己竟然被一群不到二十公分的小人，用繩子緊緊的綁住。原來這就是傳說中的小人國啊。

　　幸好，國王很喜歡格列佛，立刻下令放了他。格列佛也就此展開了不可思議的小人國之旅。

隨著日子一天天過去，格列佛雖然很喜歡這個一切都小的迷你國家，可是因為廁所實在太小了，又不好意思隨地小便，所以常憋尿，時間久了，不但出現小便困難，還會發燒、肚子痛，甚至尿尿的顏色也變成紅色了。

直到有一天，皇宮突然失火了，格列佛情急之下，不小心尿就噴了出來，居然意外地把大火澆熄。

　　國王非常感謝格列佛滅火的功勞，就請好幾百名工匠，打造一座比城堡還大的廁所送給他。之後，格列佛就多喝水，不再憋尿，病也跟著好啦！

　　後來，格列佛很想到大人國冒險，就在全國人民的幫助下把船修理好了，就再度展開驚異的冒險奇航。

✹ 不生病魔法術 ✳

為什麼會泌尿道感染
✳ 膀胱就像是魚缸一樣,如果裝在裡面的尿尿,超過四個小時沒有倒掉,就會發臭,長出很多細菌,讓人發生感染。

健康小叮嚀
✳ 隨身帶水壺,多喝水,有尿就尿,別偷練忍尿術。
✳ 女生的尿道比男生短,感染機會比較大,所以擦屁股的時候,要從身體的前面,往後面擦拭。

媽媽一起幫幫忙
✳ 兒童泌尿道感染的症狀,跟大人不同,很難仔細分辨;所以如果找不到發燒原因,最好帶孩子到醫院檢查。
✳ 孩子剛就學或到新環境時,因怕生,容易憋尿,可以請老師一起幫幫忙。

木偶奇遇記

多吃蔬果最通樂

　　木匠爺爺在有神奇法術的藍仙女的幫助下，做了一個會唱歌，又會跳舞的可愛小木偶，就叫「皮諾丘」。

　　皮諾丘最大的夢想就是成為一位真正的男孩，可是他實在太頑皮，又不聽話，還會逃學，生氣的藍仙女就處罰他，只要一說謊，鼻子就會變長。

有一天，皮諾丘被壞人綁架，將他變成一隻驢子，賣到馬戲團去表演。費盡千辛萬苦後，好不容易逃了出來，卻在尋找爺爺的旅途中，被大鯨魚吃進肚子裡去了。

在那兒，皮諾丘幸運地遇到了爺爺，於是他們就點火燒大鯨魚的胃，沒想到「哈啾」一聲，祖孫倆就從魚肚子裡被噴到岸上了。

藍仙女很高興皮諾丘終於做到了勇敢、忠誠與誠實，就把他變成了真正的小孩。

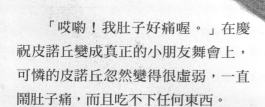

「哎喲！我肚子好痛喔。」在慶祝皮諾丘變成真正的小朋友舞會上，可憐的皮諾丘忽然變得很虛弱，一直鬧肚子痛，而且吃不下任何東西。

　　木匠爺爺很擔心，趕緊帶他去醫院檢查，原來是皮諾丘不愛吃蔬菜水果，大便太硬，大不出來，變成便秘了。

　　醫生關心地對皮諾丘說：「以後要多吃蔬菜水果，多喝水，肚子才不會痛喔！而且啊，要做真正的男孩，更不能偏食，才會長高呀！」

　　皮諾丘回家後，乖乖照著醫生的話做，果然大便不再硬硬的，肚子也不會痛了。

✹ 不生病魔法術 ✹

為什麼會便秘

✳ 不愛吃蔬菜水果又不喝水,大便就會卡在身體裡,變得像石頭一樣硬,就不容易跑出來了。

健康小叮嚀

✳ 蔬菜＋水果＋水＋運動＝便便好舒暢

媽媽一起幫幫忙

✳ 觀察孩子的排便情形,如果每週排便次數小於三次,或排便困難、糞便質地過硬,就是便秘了。通常增加飲食的纖維質與足夠的水分,就會得到改善了。

皇帝與夜鶯

很久很久以前，有人送了一隻很會唱歌的夜鶯給中國皇帝。每當皇帝一聽到牠美妙的歌聲，就感動得掉淚。而夜鶯覺得這就是對牠最好的讚美和鼓勵。

雖然皇帝很寵愛夜鶯也賞賜給牠很多禮物，更命令十二個僕人照顧牠，可是雙腳被絲線綁住的夜鶯卻一點也不快樂。

　　有一天，皇帝得到了一隻人造夜鶯，只要一撥動發條，立刻就會發出美妙的歌聲，一點也不輸真正的夜鶯。於是被皇帝遺忘了的夜鶯，有一天就掙脫了絲線，飛回森林了。

　　幾年後，人造夜鶯才唱到一半，突然「拍噠」一聲壞掉了。皇帝因為再也聽不到歌聲，就生病了。

　　就在皇帝發著高燒的時候，真正的夜鶯從老遠的地方飛回皇宮。

　　預備唱歌前，夜鶯為了讓皇帝退燒，就請人減少他的穿衣和被蓋，並讓房間的空氣流通，還要皇帝多喝開水。

不一會兒，皇帝就漸漸退燒了。夜鶯立刻展開嘹亮的
歌喉，唱出悅耳優美的曲調。

　　病好了後，皇帝希望好好報答夜鶯，夜鶯卻告訴他：
「當您專心聽我唱歌時，就是最好的報答了。」然後就頭
也不回地飛走了。

不生病魔法術

為什麼會發燒

* 在我們的大腦裡，有一個控制體溫的指揮站。不生病的時候，體溫都設在37℃左右；當身體不舒服，例如感冒、拉肚子，指揮站就會發出警訊，讓體溫升高，提醒我們生病了。不過，有時穿過多衣服，或運動過後，身體來不及散熱，也會使體溫上升。

健康小叮嚀

* 發燒的時候，最好多休息、多喝水，這樣身體的電力才會快點恢復。

媽媽一起幫幫忙

* 孩童發燒是指，肛溫超過38℃、口溫超過37.8℃或腋溫超過37.2℃以上。
* 如果體溫沒有太高，也沒有引起特殊不舒服的時候，並不需要積極退燒，只要保持空氣流通，維持室溫26～28℃，減少穿衣蓋被，再觀察就好了。
* 幼兒發燒不要自行使用含有阿斯匹靈類藥物，以免引發雷氏症候群，也不要貿然用冰敷額頭或睡冰枕，避免急速降低體溫，引發抽筋及造成血液循環不良。
* 小朋友發燒若伴有下列其中一種情況，就要立刻送醫：發燒超過38.5℃、活動力差、呼吸困難、無法進食、劇烈嘔吐、抽筋、頭部僵硬、身上出現紫斑、兩個月以下之幼兒、兒童本身患有嚴重疾病、連續發燒兩天以上。

虎 姑 婆

沖脫泡蓋送

　　傳說深山中有一隻會吃人的大老虎。有一天，牠的肚子又餓得咕咕叫時，正好看到山下有戶人家，爸媽都出門去了，只剩姊姊和弟弟在家。

　　「快開門啊！我是你們的姑婆。」老虎打扮成虎姑婆，把門敲得砰砰作響。

　　「媽媽有交代，不能隨便開門。」

　　「不要怕，是你們媽媽請我來照顧你們的，」虎姑婆編了謊話，想讓他們上當，「我背包裡有一堆好吃的東西喲！」

　　孩子們於是開心地說：「喔！太好了！太好了！」門一開，虎姑婆就跳進來了。

　　到了晚上，姊姊聽到虎姑婆溜下床，躲在廚房啃東西吃，便偷偷走到門後瞧，發現虎姑婆變回了大老虎，正津津有味的吃著裝在背包裡面的手指頭，於是就趁牠不注意時，把鍋裡頭滾燙的熱水淋在牠身上。

　　住在不遠處的動物園管理員阿德，
聽到虎姑婆的哀號聲，知道牠被燙傷，
於是先用冷水，在燙傷的地方連續沖
二十分鐘，再讓牠全身浸泡在冷水裡
二十分鐘，邊將身上的衣服小心剪開，
最後再用乾淨的毛巾覆蓋在傷口上，然
後立即送到醫院治療。

　　病好後，虎姑婆決定改過自新，不但不再吃人了，還
自願在動物園表演變裝秀，逗小朋友開心。

不生病魔法術

為什麼會燙傷

✳ 只要會發熱的東西，都有可能讓人燙傷，例如洗澡水、熱湯、熱開水、打火機、瓦斯爐、鞭炮等。

健康小叮嚀

✳ 不在廚房嬉戲、不拿太熱的東西、不玩火、也不玩電插座。

媽媽一起幫幫忙

✳ 放洗澡水時，先放冷水，再放熱水。

✳ 熱水壺、熱湯鍋、腐蝕性清潔劑等，應放在幼兒拿不到的地方。

✳ 燙傷急救五步驟：

沖：用流動的冷水連續沖燙傷的部位20分鐘。

脫：在水中小心去除或剪開衣物。

泡：泡在冷水中20分鐘。

蓋：傷口覆蓋紗布或乾淨的毛巾。

送：趕快送醫。

✳ 如果傷口有水泡，千萬不要把它弄破了，也不要自行用牙膏、醬油、醋、成藥等塗抹傷口，以免增加感染的機會。

青蛙王子

長水痘，
避免抓破疹子

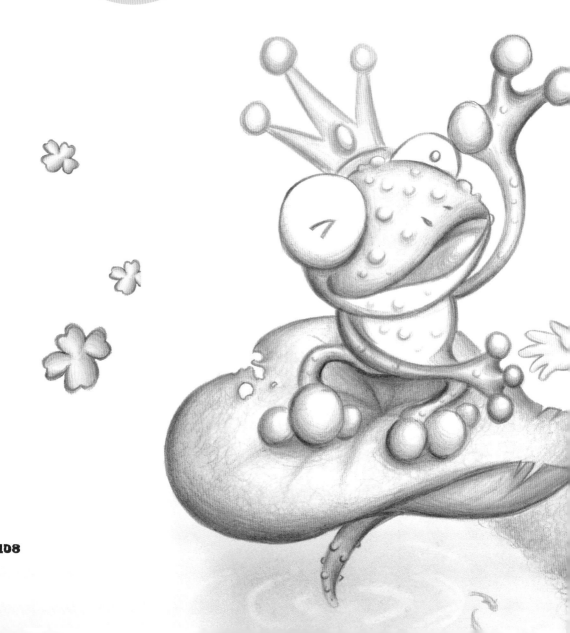

從前，有一位可愛的小公主到森林裡玩足球，一不小心把球踢進了湖底，便急得大哭了起來。這時候有一個小小的聲音從湖邊響起，「我可以幫妳把球撿回來，可是妳要答應跟我做朋友。」原來是一隻身上有長很多斑點的青蛙。

「好吧！只要你能撿回足球，什麼條件我都可以答應你。」可是公主拿到球後，就高興的跑回城堡，完全忘了答應小青蛙的事。

　　那天晚上，小公主和家人在吃飯時，聽到了一陣敲門聲，僕人去開門後回報說，「是公主的青蛙朋友來拜訪呢。」

　　小公主覺得青蛙長得很醜，不想理他，但是國王告訴她，做人一定要信守諾言，公主只好陪著青蛙一起遊戲。

　　過了一會兒，小公主玩累了想睡覺，就給青蛙一個晚安吻，沒想到「砰！」地一聲巨響，小青蛙變成了英俊的王子。

　　「謝謝妳，我親愛的小公主。因為妳的吻，把魔咒破除了。」王子對著被嚇得目瞪口呆的公主說，「我因為不聽話，用手抓破水痘，皮膚變得坑坑洞洞的，就被黑女巫用魔法變成青蛙了。」

　　還沒長過水痘的公主，於是趕緊請教照護方法。

　　「如果會癢，可以用醫生開的藥擦，不可以用手猛抓，」王子接著說，「等到水痘結痂了，也不能摳掉，才不會留下難看的疤。」

　　愛漂亮的公主，不想變成難看的青蛙，就把這些注意事項，牢牢的記在心裡了。

不生病魔法術

為什麼會長水痘

✳ 水痘病毒的傳染力很強，如果身邊有人長水痘，很快就會得病了。不過中獎機會，一生通常只有一次喔！

健康小叮嚀

✳ 長水痘，如果很癢，可以輕輕的塗上止癢藥。睡覺時，戴上乾淨的棉手套，才不會亂抓。
✳ 小心別用手碰眼睛，才不會讓眼睛也生病了。
✳ 痘痘乾掉後，要耐心等候，讓它自己掉下來，才不會留下難看的疤痕。

媽媽一起幫幫忙

✳ 小朋友長水痘時，最好待在家中，以免感染給其他人。
✳ 可以用溫和的沐浴精，小心地幫孩子洗澡，然後穿上透氣、柔軟的衣服，以免出汗讓孩子更不舒服。
✳ 如果出現昏迷、持續發燒、嘔吐等症狀，一定要盡速送醫。
✳ 發燒的時候，可以依照醫師給的藥退燒，千萬不要自行服用阿斯匹靈藥物。

紅鞋女孩

讓跳跳虎也能專心上課

　　小蓮的父母很早就去世了，好心的老婆婆於是收留了小蓮，還送給她一雙漂亮的小紅鞋。

　　小蓮非常喜歡這雙鞋子，就算教堂規定不能穿紅色的鞋子，她還是偷偷地穿去受洗，甚至在大家專注唱著讚美詩時，還像跳跳虎一樣，到處跑來跑去，一刻也不得閒。

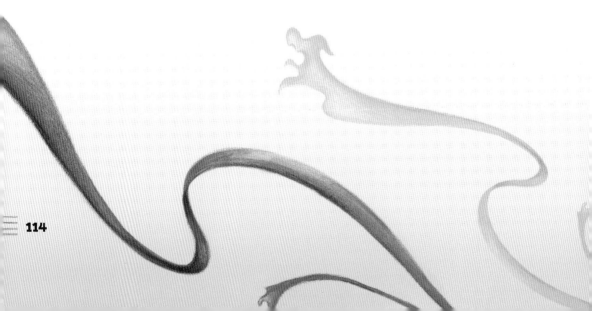

聰明的守護天使，為了幫助她適應生活，於是想出了
一個好法子。

有一天，小蓮玩累了，想把紅鞋脫掉，可是鞋子卻緊
緊地黏住她的腳，拉也拉不動。

　　小蓮害怕極了，因為小紅鞋要她不停的跳舞。她跳過農田，跳過草原，不管白天夜晚，不管晴天下雨，都要繼續跳。

筋疲力盡的小蓮，最後來到了學校，看著專心上課的同學，她終於懂了，什麼時候該安靜做事，什麼時候才可以快樂遊戲。

　　「哦！神哪，我學會一次只能做一件事情了。」天使聽見小蓮學會安排時間，就破除了鞋子的魔法，讓小蓮開心地和同學一道快樂學習。

✴ 不生病魔法術 ✴

為什麼會有過動症
✻ 有些同學因為長得比較慢，還沒有學會照顧自己，上課的
  時候容易不專心，會一直不停的講話或動來動去。

健康小叮嚀
✻ 一次只做一件事，讓自己稍稍休息一下。

媽媽一起幫幫忙
✻ 孩子是過動兒，不是誰的錯。最好常和老師聯絡與討論，
  共同幫助小朋友學習。
✻ 與小朋友一起設計每天的活動表，清楚告訴他，做完一件
  事情後，才可以開始下一個活動。
✻ 孩子表現不好的時候，試著不發脾氣；如果表現得很好，
  要多鼓勵，讓他有機會成長。

北風和太陽

　　有一天，北風和太陽相遇，想比一比誰的本領大。北風說：「誰可以先脫下路人的衣服來，就算贏了。」太陽說：「好！你先來。」

正巧從小就有氣喘的大雄，放學經過，北風想展現威力，連忙一股作氣，刮起一陣大風。

可是，大雄不但沒有脫下衣服，反而因為天氣突然變冷，使他不斷咳嗽，就趕緊戴上口罩，並把衣服拉得更緊了。

太陽笑著對北風說：「讓我來試試吧！」

　　當太陽露出溫暖的笑容後，大雄就不再咳嗽了，連不
舒服的感覺，也漸漸地消失。過了一會兒，愈走愈熱，便
慢慢把外套脫掉了。

　　太陽轉頭對北風說：「氣候轉涼時，氣喘更容易發
作。」大陽接著說，「所以在季節交替的時候，更要注意
保暖，外出最好戴上口罩。」

　　聽完了太陽的解釋，北風不禁佩服的說：「太陽大哥
果然有學問！」

不生病魔法術

為什麼會氣喘

* 花粉、狗毛、灰塵等小東西，都有可能使人呼吸不舒服。有時天氣變化、運動或者生氣也會讓人發生咳嗽、呼吸困難或出現咻咻的喘鳴聲。

健康小叮嚀

* 天氣變冷時，外出最好戴口罩，並穿上保暖的衣服。
* 記住哪些是容易讓你不舒服的壞朋友，如果是花粉，請跟它絕交吧。

媽媽一起幫幫忙

* 家裡的擺設盡量簡單，不要使用地毯。
* 感冒流行期間，少讓小朋友出入公共場所。
* 不要送小孩絨毛類的玩具。
* 家中不要養貓、狗、小鳥，因為牠們的皮屑及排泄物也可能是過敏原。

國家圖書館出版品預行編目資料

童話故事生病了 / 周淑娟, 周素珍著. -- 初版
-- 臺北市 : 書泉, 2009.11
面 ; 公分

ISBN 978-986-121-541-9（精裝）
859.6   98018485

3Q10
童話故事生病了

作　　　者｜周淑娟、周素珍（110.3）
繪　　　者｜鄭穎珊
發 行 人｜楊榮川
總 編 輯｜龐君豪
叢 書 主 編｜王俐文
責 任 編 輯｜許杏釧、楊素萍
內 頁 設 計｜陳采瑩
封 面 設 計｜陳采瑩
出 版 者｜書泉出版社
地　　　址｜106臺北市和平東路二段339號4樓
電　　　話｜(02)2705-5066 傳真：(02)2706-6100
網　　　址｜http://www.wunan.com.tw
電 子 郵 件｜shuchuan@shuchuan.com.tw
劃 撥 帳 號｜01303853
戶　　　名｜書泉出版社
總 經 銷｜聯寶國際文化事業有限公司
電　　　話｜(02)2695-4083
地　　　址｜221臺北縣汐止市康寧街169巷27號8樓
法 律 顧 問｜元貞聯合法律事務所 張澤平律師
出 版 日 期｜2009年11月初版一刷
定　　　價｜新臺幣260元